W9-ASR-809

SP
398.24
ORI

3 24571 0900438 6
Orihuela, Luz.

El leon y el raton

$5.56

DATE DUE	BORROWER'S NAME	ROOM NO.

3 24571 0900438 6
Orihuela, Luz.

SP
398.24
ORI

El leon y el raton

El león y el ratón

Adaptación: Luz Orihuela   Ilustración: Subi

EDITORIAL

En una selva lejana, muy lejana,
vivía un ratón dentro de su madriguera.
De cuando en cuando,
salía a buscar comida
y a dar un paseíto por los alrededores.

Un día, nada más asomar la nariz,
se encontró atrapado en una zarpa.
Miró hacia arriba y, aterrado,
vio un león con la boca abierta.
¡Qué grande era!,
y ¡qué dientes más afilados!
El pobre ratón no paraba de temblar.

—Por favor, majestad, dejadme ir
—dijo temblando de miedo—.
Con lo pequeño que soy
no doy para mucho,
os quedaréis con hambre
y no habrá servido de nada
que me comáis. En cambio,
si me dejáis marchar,
quizá algún día os podré ser útil.

El león, sorprendido ante el atrevimiento
de aquel bicho insignificante, le dijo:
—Está bien, vete; pero que quede claro
que te libras porque hoy estoy generoso.
Porque eres tan chiquitín que no sé
en qué me puedes ser útil tú a mí.

—Muchísimas gracias, rey de la selva
—le dijo el ratón que todavía
no se lo creía del todo—. Tened por seguro
que, si algún día os puedo devolver
el favor, no tenéis más que decírmelo.

–¡Ja, ja, ja! –rió el león
a mandíbula batiente–. ¿Y se puede saber
pora qué habría de necesitar yo
a un minúsculo animal como tú?
Desaparece si no quieres
que me arrepienta ahora mismo.

Y el ratón volvió rápidamente
a su madriguera de donde
no pensaba salir en unos días.
Pero, de pronto, oyó unos fuertes rugidos
que parecían lamentos.
Sin pensarlo dos veces,
salió disparado hacia el lugar
de donde venían aquellos gritos.

Bajo un árbol, encontró al león
atrapado en una red
de las que ponen los cazadores.
Entre bramidos y zarpazos,
el león terminó por enredarse del todo
y, por más que lo intentaba,
no podía salir.

 16

Entonces, el ratón gritó:

—Tranquilo, que estoy aquí para ayudaros.

—Más vale que te vayas. Eres tan pequeño que no podrás hacer nada. Sálvate antes de que sea demasiado tarde.

—Ni hablar; me habéis perdonado la vida
y no os dejaré solo —le contestó el ratón.
Y sin prisa pero sin pausa comenzó a roer
la red con sus pequeños dientes...

... y no paró hasta romper la cuerda
y hacer un agujero lo suficientemente
grande para que el león pudiera salir.
Antes de que llegaran los cazadores,
el león y el ratón se alejaron de aquel
lugar. Aquel fue el comienzo
de una hermosa amistad.

© 2003, Joan Subirana
© 2003, Combel Editorial, S.A.
Caspe, 79. 08013 Barcelona
Tel.: 93 244 95 50 – Fax: 93 265 68 95
combel@editorialcasals.com
Diseño gráfico: Bassa & Trias
Segunda edición: octubre de 2005
ISBN: 84-7864-784-8
ISBN-13: 978-84-7864-784-2
Depósito legal: M-37.037-2005
Printed in Spain
Impreso en Orymu, S.A. - Pinto (Madrid)

CABALLO ALADO **clásico**

serie al **PASO**

Selección de narraciones clásicas, tradicionales y populares de todos los tiempos. Cuentos destinados a niños que comienzan a leer. Las ilustraciones, divertidas y tiernas, ayudan a comprender unas historias que los más pequeños pueden leer solos.

serie al **TROTE**

Selección de cuentos clásicos, tradicionales y populares destinados a pequeños lectores, capaces de seguir el hilo narrativo de una historia. Los personajes les fascinarán y sus fantásticas peripecias enredarán a los niños en la aventura de leer.

serie al **GALOPE**

Cuentos clásicos, tradicionales y populares, dirigidos a pequeños amantes de la lectura. La fantasía, la ternura, el sentido del humor y las enseñanzas que se desprenden de cada historia estimularán la imaginación de los niños y les animarán a adentrarse aún más en el maravilloso mundo de la lectura.